In ›Der Fürst des Parnass‹ erzählt Carlos Ruiz Zafón, wie alles begann, wie im prachtvollen Barcelona um 1600 ein passionierter Buchdrucker namens Sempere auf einen glücklosen jungen Dichter trifft – er heißt Cervantes und wird eines Tages den ›Don Quijote‹ schaffen –, wie ein geheimnisvoller Verleger mit Engel am Revers die Bühne betritt und sich ein unscheinbarer Gottesacker zum sagenumwobenen Friedhof der Vergessenen Bücher wandelt. Eine berührende Geschichte darüber, dass alles im Leben seinen Preis hat.

»Ich habe diese kleine Erzählung als Divertissement gedacht, als eine Art Geschenk an die Leser, das mehr von der geheimen Geschichte des Friedhofs der Vergessenen Bücher aufblitzen lässt.« Carlos Ruiz Zafón

Carlos Ruiz Zafón begeistert mit seinen Barcelona-Romanen um den Friedhof der Vergessenen Bücher ein Millionenpublikum auf der ganzen Welt. ›Der Schatten des Windes‹ (Fischer Taschenbuch Bd. 19615), ›Das Spiel des Engels‹ (Bd. 18644) und ›Der Gefangene des Himmels‹ (Bd. 19585) waren allesamt SPIEGEL-Bestseller; der vierte und letzte Band der Tetralogie ist in Arbeit. Auch ›Marina‹ (Bd. 18624) stand wochenlang auf der SPIEGEL-Bestsellerliste. Seine ersten Erfolge feierte Carlos Ruiz Zafón mit den drei phantastischen Schauerromanen ›Der dunkle Wächter‹, ›Der Fürst des Nebels‹ und ›Mitternachtspalast‹, die bei Fischer FJB erschienen sind. Carlos Ruiz Zafón wurde 1964 in Barcelona geboren und teilt seine Zeit heute zwischen Barcelona und Los Angeles.

Weitere Informationen, auch zu E-Book-Ausgaben, finden Sie bei www.fischerverlage.de

Carlos Ruiz Zafón

Der Fürst des Parnass

Eine Erzählung

Aus dem Spanischen von
Peter Schwaar

FISCHER Taschenbuch

Erschienen bei FISCHER Taschenbuch
Frankfurt am Main, April 2014

Die Originalausgabe erschien 2012 unter dem Titel
›El príncipe de parnaso‹ bei Editorial Planeta, S.A.
© Shadow Factory, S.L. 2012
Veröffentlicht in Zusammenarbeit mit Michi Strausfeld,
Barcelona-Berlin
© S. Fischer Verlag GmbH, Frankfurt am Main 2014
Satz: Pinkuin Satz und Datentechnik, Berlin
Druck und Bindung: CPI books GmbH, Leck
Printed in Germany
ISBN 978-3-596-19882-5

Mit ›Der Fürst des Parnass‹ möchte sich Carlos Ruiz Zafón bei seinen deutschen Lesern und vor allem bei den Buchhändlern bedanken, die seine Bücher zu den vielgeliebten und erfolgreichen Romanen gemacht haben. Der Autor verzichtet auf sein Honorar, das, vom Verlag aufgerundet, dem Sozialwerk des Deutschen Buchhandels zugutekommt.

Eine versehrte Scharlachsonne ging am Horizont unter, als der Caballero Antoni de Sempere, von allen der Büchermacher genannt, die Mauer erklomm, die die Stadt abriegelte, und das Gefolge in der Ferne näher kommen sah. Man schrieb das Jahr des Heils 1616, und ein schießpulvergesättigter Dunst wand sich über einem Barcelona aus Stein und Staub. Der Büchermacher drehte sich wieder zur Stadt um, und sein Blick verlor sich im Gewirr von Türmen, Palästen und Gassen, die im Miasma dauernder Dunkelheit schimmerten, welche nur eben von Fackeln und eng an den Mauern entlangratternden Kutschen durchbrochen wurde.

Eines Tages werden Barcelonas Mauern fallen, und die Stadt wird sich unter dem Himmel wie eine

Träne aus schwarzer Farbe auf Weihwasser ausbreiten.

Der Büchermacher lächelte bei der Erinnerung an die Worte seines guten Freundes, als dieser sechs Jahre zuvor die Stadt verlassen hatte.

Ich nehme die Erinnerung mit, ein Gefangener der Schönheit seiner Straßen und ein Schuldner seiner dunklen Seele, zu der ich zurückzukommen verspreche, um die meine auszuhauchen und mich ans süßeste ihrer Vergessen zu klammern.

Das Echo der sich der Stadtmauer nähernden Hufe riss ihn aus seiner Träumerei. Der Büchermacher wandte den Blick nach Osten und erspähte das Gefolge, das bereits die Richtung zum großen San-Antonio-Tor eingeschlagen hatte.

Die schwarze Trauerkarosse war mit geschnitzten Reliefs und Figuren rund um die verglaste, mit Samtvorhängen verschleierte Kabine verziert. Zwei Reiter eskortierten sie. Vier mit Federn und Trauerflor geschmückte

Pferde zogen sie, und die Räder wirbelten eine Staubwolke auf, die in der Bernsteindämmerung erglühte. Auf dem Bock zeichnete sich die Gestalt eines Kutschers mit bedecktem Gesicht ab, und hinter ihm erhob sich, die Kutsche wie eine Galionsfigur krönend, ein silberner Engel. Der Büchermacher senkte die Augen und seufzte bekümmert. Da wurde ihm bewusst, dass er nicht allein war – er brauchte nicht aufzuschauen, um zu wissen, wer der Herr neben ihm war. Er nahm den kalten Lufthauch und den Geruch nach verwelkten Blumen wahr, der ihn immer begleitete.

»Man sagt, der ist ein guter Freund, der gleichzeitig erinnern und vergessen kann«, sagte der Herr. »Ich sehe, Sie haben die Verabredung nicht vergessen, Sempere.«

»Und Sie nicht die Schuld, *Signore*.«

Der Herr trat näher, bis sein blasses Gesicht kaum noch eine Handbreit von dem des Büchermachers entfernt war, und Sempere sah sich im dunklen Spiegel dieser Pupillen, die sich verfärbten und verengten wie bei einem Wolf, der frisches Blut riecht, selbst gespiegelt. Der Herr war um keinen Tag gealtert und trug noch dieselben eleganten Kleider. Sempere spürte einen Schauder und wäre am liebsten sofort davongelaufen, nickte aber bloß höflich.

»Wie haben Sie mich gefunden?«, fragte er.

»Der Geruch nach Druckerschwärze verrät Sie, Sempere. Haben Sie jüngst etwas Gutes gedruckt, was Sie mir empfehlen können?«

Der Büchermacher gewahrte den Band in den Händen des Herrn.

»Ich habe nur eine bescheidene Druckerei, für die Ihres Geschmacks würdige Federn unerreichbar sind. Zudem möchte man meinen, der *Signore* hat schon Lektüre für den heutigen Abend.«

Der Herr ließ ein aus spitzen weißen Zähnen geformtes Lächeln spielen. Der Büchermacher wandte den Blick zum Trauerzug, der schon beinahe die Mauer erreicht hatte. Er spürte die Hand des Herrn auf seiner Schulter und presste die Zähne zusammen, um nicht zu zittern.

»Keine Angst, mein lieber Sempere. Eher wird das Röcheln von Avellaneda und der Meute der Unglücksraben und Neider kommen, die Ihr Freund Sebastián de Comellas für die Nachwelt druckt, als die Seele meines lieben Antoni de Sempere zu der bescheidenen Herberge, die ich leite. Sie haben nichts von mir zu befürchten.«

»Etwas Ähnliches haben Sie vor sechsundvierzig Jahren zu Don Miguel gesagt.«

»Siebenundvierzig. Und ich habe nicht gelogen.«

Der Büchermacher begegnete kurz dem Blick des Herrn, und einen Traummoment lang glaubte er in dessen Gesicht eine Traurigkeit zu lesen so groß wie seine eigene.

»Und ich dachte, das wäre ein glorreicher Tag für Sie, *Signor* Corelli«, bemerkte er.

»Schönheit und Wissen sind das einzige

Licht, das den elenden Stall erleuchtet, den zu durchschreiten ich gezwungen bin, Sempere. Sein Verlust ist mein größter Kummer.«

Zu ihren Füßen zog das Trauergefolge durch das San-Antonio-Tor. Mit einer Handbewegung lud der Herr den Drucker ein, sich in Bewegung zu setzen.

»Kommen Sie mit, Sempere. Heißen wir unseren guten Freund Don Miguel willkommen in dem Barcelona, das er so sehr geliebt hat.«

Und bei diesen Worten überließ sich der alte Sempere der Erinnerung und dem Gedenken an jenen fernen Tag, da er, nicht weit von hier, einen jungen Mann namens Miguel de Cervantes Saavedra kennengelernt hatte, dessen Schicksal und Erinnerung in der Nacht aller Zeiten mit seinem eigenen Schicksal und dem seines Namens verbunden sein sollte ...

Barcelona 1569

Es waren Zeiten der Legende, in denen die Geschichte über keine weiteren Kniffe gebot als die Erinnerung an das nie Stattgefundene und das Leben keinen weiteren Traum als das Flüchtige, Vorübergehende kannte. In jenen Tagen trugen die angehenden Dichter Eisen im Gürtel, ritten gedanken- und ziellos dahin und träumten von Versen mit vergifteter Schneide. Damals war Barcelona ein kleiner befestigter Flecken, der zwischen Bergen voller Wegelagerer im Schoß eines Amphitheaters ruhte und sich im Rücken eines weinfarbenen, lichtdurchfluteten Meeres verbarg, auf dem sich die Piraten tummelten. Vor seinen Toren hängte man Räuber und sonstige Schurken, um vor der Gier nach fremdem Eigentum abzuschrecken, und in seinen aus den Nähten platzenden Mauern balgten sich Kaufleute, Weise, Höflinge und Adelige jeder Couleur und Abhängigkeit im Dienste eines Labyrinths aus Verschwörungen, Geld und Alchemien, dessen Ruf die Horizonte erreichte und die Sehnsüchte der bekannten wie der geträumten Welt wachrief. Es hieß, dort hätten Könige und Heilige ihr Blut vergossen, hätten Worte und Wissen eine Heimstatt gefunden und mit einer Münze in der Hand und einer Lüge auf den Lippen könne jeder Dahergelaufene zu Ruhm gelangen, mit dem Tod ins Bett gehen und gesegnet zwischen Wachtürmen und Kathedralen erwachen, um sich einen Namen und ein Vermögen zu schaffen.

An einen solchen Ort, den es niemals gab und an dessen Namen sich zu erinnern er alle Tage seines Lebens verdammt war, gelangte eines Nachts zu San Juan ein junger Adeliger mit Federn und Schwert auf einem ausgehungerten Klepper, der sich nach mehrtägigem Galopp kaum noch auf den Beinen halten konnte. Auf seinem Rücken saßen der damals besitzlose Miguel de Cervantes Saavedra, gebürtig aus nirgendwo und überall, sowie eine junge Frau, deren Antlitz einem Gemälde eines der großen Meister entnommen schien. Und der Eindruck täuschte nicht, denn später wurde ruchbar, dass das junge Mädchen Francesca di Parma hieß und Licht und Wort vor eben neunzehn Jahren in der ewigen Stadt kennengelernt hatte.

Das Schicksal wollte, dass die Schindmähre am Ende ihres heldenhaften Trabs mit schäumender Schnauze wenige Schritte vor Barcelonas Toren entseelt zusammenbrach und die beiden Liebenden, denn das war ihr geheimes Verhältnis, unter sternenübersätem Himmel auf dem Sandstrand dahingingen, bis sie zu den Stadtmauern gelangten und, als sie den Atem von tausend Feuern zum Himmel steigen und ihn die Nacht zu flüssigem Kupfer machen sahen, beschlossen, an diesem Ort, der ihnen vorkam wie ein auf Vulkans Esse erbauter Palast der Dunkelheit, Herberge und Unterkunft zu suchen.

In ähnlichen, aber weniger blumigen Worten wurde die Episode vom Eintreffen Don Miguel de Cervantes' und seiner Geliebten Francesca in Barcelona später dem geachteten Büchermacher Antoni de Sempere mit Werkstatt und Wohnstätte beim Santa-Ana-Tor berichtet, und zwar durch einen leicht hinkenden Knappen mit schlichten Zügen, eindrucksvoller Nase und lebhaftem Geist namens Sancho Fermín de la Torre, der die Bedürfnisse der Neuankömmlinge erkannte und sich guten Willens erbot, sie für ein paar Münzen zu geleiten. So kam es, dass das Paar in einem düsteren, wie ein knorriger Baumstamm gekrümmten Haus Kost und Logis fand. Und so kam es, dass der Büchermacher durch Sanchos Künste und hinter dem Rücken des Schicksals den jungen Cervantes kennenlernte, mit dem ihn bis ans Ende seiner Tage eine tiefe Freundschaft verbinden sollte.

Wenig wissen die Forscher über die Umstände vor Don Miguel de Cervantes' Eintreffen in Barcelona. Die in der Materie Kundigen berichten, dass diesem Moment in Cervantes' Leben viele Nöte vorausgegangen waren und dass ihn von Schlachten über ungerechte Verurteilungen und Gefängnisstrafen bis zum möglichen Verlust einer Hand in einem Gefecht noch viel weiteres Ungemach erwartete, bis er in der Abenddämmerung seines Lebens wenige Jahre des Friedens genießen konnte. Welche Schicksalsfügungen auch immer ihn hierher geführt haben mochten, jedenfalls kam der selbstgefällige Sancho zu dem Schluss, dass ihm ein großer Schimpf und eine noch größere Bedrohung auf den Fersen waren.

Sancho, ein Mann mit dem Hang zu warmen Liebesgeschichten und eucharistischen Festspielen mit strenger Moral, folgerte schließlich, Auslöser einer derartigen Verwicklung könne nur die Gegenwart dieser übernatürlich schönen und reizenden Frau namens Francesca sein. Ihre Haut war ein Atem von Licht, ihre Stimme ein Seufzer, der die Herzen pochen ließ, und ihr Blick und ihre Lippen eine Verheißung von Lust, deren Schilderung die Metrik des armen Sancho überstieg, dem der Zauber der sich unter dem Seiden- und Spitzengewand abzeichnenden Formen Puls und Verstand durcheinanderbrachte. So schloss er, nach dem Genuss dieses Himmelsgiftes befinde sich der junge Dichter höchstwahrscheinlich jenseits aller Errettung, denn es konnte kein Mannsbild unter den Sternen geben, das für einen Augenblick der Muße in den Armen dieser Sirene nicht Seele und Pferd samt Steigbügeln hingegeben hätte.

»Mein lieber Cervantes, einem traurigen Ignoranten wie mir geziemt es nicht, Eurer Exzellenz zu sagen, dass ein solches Gesicht und eine solche Kreatur den Verstand jedes Mannes trüben, solange er atmet, doch die Nase, nach dem Bauch mein scharfsinnigstes Organ, lässt mich annehmen, dass man Ihnen dort, wo immer Sie ein solches Frauenexemplar entwendet haben mögen, das nicht verzeihen wird und dass es nicht genug Welt gibt, um eine so hochkarätige Venus zu verstecken«, versicherte Sancho.

Müßig zu sagen, dass nach dem Drama und seiner Inszenierung Wort und Tonlage von Sanchos Geschwätz neu gefügt und stilisiert worden sind durch die Feder dieses eures bescheidenen, sicheren Erzählers, dass aber Wesen und Weisheit seines Urteils unangetastet geblieben sind.

»Ach, mein Freund, wenn ich Ihnen erzählte ...«, seufzte ein aufgeregter Cervantes.

Und erzählen tat er, denn in seinen Adern floss der Wein des Berichtens, und der Himmel hatte gewollt, dass es seine Gewohnheit war, die Dinge der Welt zuerst sich selbst darzulegen, um sie zu verstehen, und danach den anderen kundzutun, in die Musik und das Licht der Literatur gekleidet, denn er erahnte, dass das Leben, wenn schon kein Traum, so doch zumindest eine Pantomime war, wo die grausame Ungereimtheit der Geschichte immer hinter den Kulissen floss, und zwischen Himmel und Erde gab es keine größere und wirksamere Rache, als die Schönheit und den Geist mit der Macht des Wortes zu meißeln, um hinter der Sinnlosigkeit der Dinge den Sinn zu finden.

Die Schilderung, wie er auf der Flucht vor schrecklichen Gefahren nach Barcelona gelangt war und welches Herkunft und Natur dieses wundersamen Geschöpfs namens Francesca di Parma waren, ließ Don Miguel de Cervantes sieben Nächte später folgen. Auf sein Ersuchen hatte ihn Sancho mit Antoni de Sempere bekannt gemacht – offenbar hatte der junge Dichter ein dramatisches Werk verfasst, eine Art Romanze aus Verzauberung, Hellseherei und entfesselten Leidenschaften, die er dem Papier anvertraut sehen wollte.

»Es ist lebenswichtig, dass mein Werk vor dem nächsten Mondwechsel gedruckt wird, Sancho. Davon hängen mein eigenes Leben und dasjenige Francescas ab.«

»Wie kann jemandes Leben von einer Handvoll Verse und der Mondphase abhängen, Meister?«

»Glaub mir, Sancho. Ich weiß, was ich sage.«

Sancho, der insgeheim nicht an mehr Dichtungen oder Sternenkonstellationen glaubte als die, die ein gutes Essen und ein ausgiebiges Sich-im-Heu-Herumwälzen mit einer molligen, heiteren Jungfer verhießen, vertraute den Worten seines Herrn und unternahm das Nötige, um das Treffen zu arrangieren. Sie überließen die schöne Francesca dem Nymphenschlaf in ihren Gemächern und machten sich bei Einbruch der Dunkelheit auf den Weg. Sie hatten sich mit Sempere in einer Gaststätte im Schatten der großen Kathedrale der Fischer verabredet, der Basilika, die sich Santa María del Mar nannte, und dort führten sie sich in einem Winkel bei Kerzenlicht einen guten Wein und einen Laib Brot mit gesalzenem Speck zu Gemüte. Die Gäste bestanden aus Fischern, Seeräubern, Mördern und Wahnsinnigen.

Gelächter, Streitereien und dicke Rauchwolken hingen im vergoldeten Halbdunkel der Schenke.

»Erzählen Sie Don Antoni das mit Ihrer Komödie«, ermunterte ihn Sancho.

»Eigentlich ist es eine Tragödie«, nuancierte Cervantes.

»Und worin besteht der Unterschied, wenn der Meister meine grobe Unwissenheit in den feinen Dichtungsgattungen entschuldigt?«

»Die Komödie lehrt uns, dass man das Leben nicht ernst nehmen darf, und die Tragödie lehrt uns, was geschieht, wenn wir dem keine Beachtung schenken, was uns die Komödie lehrt«, erläuterte Cervantes.

Sancho nickte, ohne zu blinzeln, und zog, während er wild die Zähne in den Speck schlug, den gemurmelten Schluss: »Wie groß ist doch die Dichtkunst.«

Sempere, in jenen Tagen nicht von Aufträgen verwöhnt, hörte dem jungen Dichter neugierig zu. Cervantes zog ein Bündel Blätter aus einer Mappe und zeigte sie dem Büchermacher. Der prüfte sie aufmerksam und überflog da und dort einige Wendungen und Sätze des Textes.

»Da gibt es Arbeit für mehrere Tage ...«

Cervantes zog eine Börse aus dem Gürtel und ließ sie auf den Tisch fallen. Eine Handvoll Münzen erschien. Sowie das schnöde Metall im Licht der beiden Kerzen erglänzte, deckte Sancho es mit ängstlicher Miene zu.

»Um Gottes willen, Meister, zeigen Sie nicht diese Leckerbissen herum, hier wimmelt es von Ganoven und Schlächtern, die Ihnen und uns den Hals abschnitten, bloß um den Duft dieser Dublonen zu schnuppern.«

»Sancho hat recht, mein Freund«, bestätigte Sempere mit einem Blick auf die Gäste.

Cervantes steckte das Geld wieder ein und seufzte.

Sempere schenkte ihm noch ein Glas Wein ein und studierte die Seiten des Dichters jetzt eingehender. Das Werk, laut seinem Autor eine

Tragödie in drei Akten und einer Epistel, trug den Titel *Ein Dichter in der Hölle* und erzählte von den Arbeiten eines jungen Florentiner Künstlers, der an der Hand von Dantes Geist in die Abgründe der Hölle eindringt, um die Seele seiner Geliebten zu retten, Tochter grausamer, korrupter Adeliger, die sie für Ruhm, Vermögen und Glanz in der endlichen irdischen Welt dem Fürsten der Dunkelheit verkauft hatten. Die Schlussszene spielte sich im Dom ab, wo der Held den leblosen Körper der Umworbenen den Klauen eines Engels aus Licht und Feuer entreißen muss.

Sancho dachte, das klinge nach unseliger Marionettenromanze, sagte aber nichts, denn er ahnte, dass in diesen Belangen die Buchstabengeschädigten eine dünne Haut hatten und ungern Widerworte einsteckten.

»Erzählen Sie mir, wie Sie dazu gekommen sind, dieses Werk zu verfassen, mein Freund«, forderte ihn Sempere auf.

Cervantes, der sich mittlerweile drei oder

vier Glas Wein genehmigt hatte, nickte. Es sprang in die Augen, dass er sein Gewissen von dem mitgeschleppten Geheimnis befreien wollte.

»Haben Sie keine Angst, mein Freund, Sancho und ich werden das Geheimnis bewahren, was es auch sein mag.«

Sancho erhob sein Glas und stieß auf das edle Gefühl an.

»Meine Geschichte ist die eines Fluches«, setzte Cervantes zögernd an.

»Wie die aller angehenden Dichter«, sagte Sempere. »Fahren Sie fort.«

»Es ist die Geschichte eines Verliebten.«

»Wie ich eben gesagt habe. Aber haben Sie keine Angst, die hat das Publikum am liebsten«, versicherte Sempere.

Sancho nickte mehrfach.

»Die Liebe ist der einzige Stein, der immer über denselben Menschen stolpert«, stimmte er zu. »Und warten Sie bloß, bis Sie das fragliche junge Mädchen sehen, Sempere.« Er unterdrückte einen Rülpser. »Eine von denen, die den Geist festigen.«

Cervantes warf ihm einen strafenden Blick zu.

»Der Herr möge mich entschuldigen«, sagte Sancho. »Das ist dieses elende Gesöff, das an meiner Statt spricht. Die Tugend und die Reinheit der Dame sind über jeden Verdacht erhaben, und Gott lasse den Himmel über meinem hohlen Kopf einstürzen, wenn ich diesbezüglich einmal irgendeinen unreinen Gedanken gehabt habe.«

Die drei Zecher schauten kurz zur Decke hinauf, und da der Schöpfer nicht Wache stand und keinerlei Ungemach eintraf, erhoben sie mit einem Lächeln erneut die Gläser, um auf den glücklichen Moment ihrer Begegnung anzustoßen. Und so kam es, dass der Wein, der die Menschen ehrlich macht, wenn sie es am wenigsten brauchen, und ihnen Mut gibt, wenn sie besser feige blieben, Cervantes dazu brachte, ihnen die Geschichte in der Geschichte zu erzählen, das, was Mörder und Verrückte die Wahrheit nennen.

Ein Dichter in der Hölle

Das Sprichwort sagt, ein Mann solle gehen, solange er noch Beine habe, sprechen, solange er noch eine Stimme habe, und träumen, solange er noch seine Unschuld bewahre, denn über kurz oder lang werde er sich nicht mehr auf den Beinen halten können, keinen Atem mehr haben und keinen Traum mehr ersehnen als die ewige Nacht des Vergessens. Mit diesen Worten als Wegzehrung, einem auf ihn ausgestellten Haftbefehl nach einem unter undurchsichtigen Umständen stattgehabten Duell und dem Feuer der jungen Jahre in den Adern brach an einem Tag des Jahres unseres Herrn 1569 der junge Miguel de Cervantes in Madrid auf, um in den legendären Städten Italiens die Wunder, die Schönheit und die Wissenschaft zu suchen, die laut denen, welche sie kannten, dort reicher und anmutiger vertreten waren als an jedem anderen Ort auf den Karten des Reiches. Mancherlei heil-

und unheilvolle Abenteuer widerfuhren ihm da, aber das größte war, dass ihm das Schicksal dieses unglaubliche Lichtgeschöpf über den Weg führte, das Francesca hieß, auf deren Lippen er Himmel und Hölle kennenlernte und in deren Begehren er sein Los für immer besiegelte.

Sie war eben neunzehn und hatte jede Hoffnung für ihr Leben verloren. Sie war die jüngste Tochter einer niederträchtigen Pariafamilie, die in einem alten, über den Wassern des Tibers hängenden Kasten in der tausendjährigen Stadt Rom dahinvegetierte. Ihre Brüder, ein bösartiges Schwindlerpack, stahlen dem lieben Gott den Tag und begingen Diebstähle und andere geringfügige Verbrechen, mit denen sie kaum einen Kanten Brot in ihren Mund brachten. Ihre Eltern, ein vorzeitig vergreistes Paar, das behauptete, sie im Herbst seines Elends gezeugt zu haben, waren zwei schäbige Heuchler, die die kleine Francesca weinend im noch lauen Schoß ihrer richtigen Mutter gefunden hatten, eines namenlosen Mädchens, das bei der Geburt des Kindes unter den Bögen der alten Brücke des Schlosses Sant'Angelo gestorben war.

Unschlüssig, ob sie den Säugling in den Fluss

werfen und nur die Kupfermedaille vom Hals der Mutter mitnehmen sollten, gewahrte das Gaunerpaar die wundersame Vollkommenheit des Babys und beschloss, es zu behalten – sicherlich würden sie bei den feinsten Familien der wohlhabenden Hofklassen für eine solche Gabe einen guten Preis erzielen. Während die Tage, Wochen und Monate verstrichen, wuchs ihre Habgier, denn mit jedem Tag offenbarten sich Schönheit und Reiz der Kleinen deutlicher, so dass ihr Wert im Kopf ihrer Räuber ständig stieg. Als sie zehn Jahre alt war, sah ein Florentiner Dichter auf Durchreise sie eines Tages zum Fluss gehen, um Wasser zu holen, nicht weit von dort, wo sie geboren worden war und ihre Mutter verloren hatte, und als er sich dem Zauber ihres Blicks ausgesetzt sah, widmete er ihr an Ort und Stelle einige Verse und verlieh ihr ihren künftigen Namen, Francesca, denn ihre Adoptivfamilie hatte sich nicht die Mühe gemacht, sie irgendwie zu taufen. So erblühte Francesca allmählich zu einer Frau köstlichen Wohlgeruchs und erlesener Erscheinung, die Gespräche und Zeit stocken ließ. Damals trübte einzig die unendliche Traurigkeit ihres Blicks das Bild einer Schönheit, die sich jeder Beschreibung entzog.

Bald begannen Künstler aus ganz Rom ihren ausbeuterischen Eltern saftige Entschädigungen anzubieten, um sie als Modell für ihre Werke zu benutzen. Bei ihrem Anblick waren sie sich sicher, dass jemand mit Talent und Handwerk, der in der Lage war, auf der Leinwand oder in Marmor auch nur ein Zehntel ihres Zaubers festzuhalten, als größter Künstler aller Zeiten in die Ewigkeit eingehen würde. Für ihre Dienste wurden immer höhere Angebote gemacht, und die ehemaligen Bettler lebten nun im Glanz neuen Reichtums, fuhren in aufsehenerregenden Prachtkutschen wie Kardinäle spazieren, trugen bunte Seidengewänder und tränkten die Schamteile mit Parfüm, um die Schmach zu tarnen, die ihre Herzen überzog.

Als sie volljährig wurde, fürchteten Francescas Eltern, den Schatz zu verlieren, der ihr Vermögen geschaffen hatte, und beschlossen, sie zur Ehe freizugeben. Statt eine Mitgift anzubieten, wie es sich damals für die Brautfamilie gehörte, waren sie so unverfroren, für die Hand und den Körper des jungen Mädchens vom Meistbietenden eine substantielle Summe zu fordern. Eine noch nie dagewesene Versteigerung setzte ein, aus der einer der berühmtesten Maler der Stadt als Sieger hervorging, Don Anselmo Giordano. Giordano war damals schon ein Mann im letzten Hauch der Reife, dessen Körper und Seele von jahrzehntelangen Ausschweifungen gezeichnet und dessen Herz von Habsucht und Neid vergiftet war, da er sich trotz all des Glücks, Vermögens und Lobes, die ihm sein Werk eingebracht hatte, insgeheim wünschte, sein Name und sein Ruf möchten die Leonardos übertreffen.

Der große Leonardo war bereits seit fünfzig Jahren tot, doch Anselmo Giordano hatte den Tag nie vergessen und verzeihen können, an dem er als Jugendlicher ins Atelier des Meisters gegangen war, um sich als Lehrling zu verdingen. Leonardo prüfte einige Skizzen des jungen Mannes und fand freundliche Worte für ihn. Der Vater des jungen Anselmo war ein angesehener Bankier, dem Leonardo ein paar Gefälligkeiten schuldig war, und der junge Bursche war überzeugt, seine Anstellung im Atelier des bedeutendsten Malers seiner Zeit sei dadurch gesichert. Doch zu seiner großen Überraschung verkündete ihm Leonardo nicht ohne Traurigkeit, er erkenne in seinem Strich zwar einiges Talent, aber nicht genügend, um sich von den tausendundein Bewerbern abzuheben, die es gleich ihm nie auch nur bis zur Mittelmäßigkeit bringen würden. Er sagte ihm, sicher habe er einigen Ehrgeiz, aber nicht genügend, um sich von den tausendundein Lehrlingen abzuheben, die es nie vermögen würden, die nötigen Opfer zu bringen, um das Licht der echten Inspiration zu verdienen. Und zum Schluss sagte er, vielleicht könne er einiges an Handwerk lernen, aber nie genügend, um ein Leben lang einen Beruf auszuüben, in dem es nur den Genies gelinge, mehr schlecht als recht zu überleben.

»Junger Anselmo«, sagte Leonardo, »meine Worte sollen Sie nicht traurig machen, sehen Sie in ihnen vielmehr einen Segen, denn die Position ihres liebenswürdigen Vaters wird Sie auf Lebzeiten zu einem reichen Mann machen, der für seinen Unterhalt nicht mit Pinsel und Meißel wird kämpfen müssen. Sie werden ein glücklicher Mann sein, ein von seinen Mitbürgern geliebter und geachteter Mann, aber nie werden Sie, auch nicht mit allem Gold der Welt, ein Genie sein. Es gibt kaum ein grausameres und bittereres Los als das eines mittelmäßigen Künstlers, der sein ganzes Leben lang seine Konkurrenten beneidet und verflucht. Vergeuden Sie Ihr Leben nicht mit einem unglückbringenden Los. Lassen Sie die anderen, die nicht anders können, Kunst und Schönheit erschaffen. Und mit der Zeit werden Sie mir meine Aufrichtigkeit zu verzeihen lernen, die Sie heute schmerzt, Sie aber morgen, wenn Sie sie guten Willens annehmen, vor Ihrer eigenen Hölle erretten wird.«

Mit diesen Worten fertigte Meister Leonardo den jungen Anselmo ab, der stundenlang mit Tränen der Wut durch die Straßen Roms irrte. Als er nach Hause zurückkam, verkündete er seinem Vater, er wolle nicht bei Leonardo studieren, da er in ihm nichts als einen Schwindler sehe, der für eine Masse von Ignoranten, die nichts von echter Kunst verstünden, Dutzendware herstelle.

»Ich werde ein reiner Maler sein, nur für die Erwählten, die die Tiefe meines Mühens begreifen.«

Sein Vater, ein geduldiger Mann und wie alle Bankiers ein besserer Kenner der menschlichen Natur als der weiseste der Kardinäle, umarmte ihn und sagte, er solle nichts fürchten, nie werde es ihm an etwas mangeln, weder an Brot noch an Bewunderern oder Lob für sein Werk. Und vor seinem Tod sorgte der Bankier dafür, dass dem so war.

Anselmo Giordano verzieh Leonardo nie – ein Mann ist fähig, alles zu verzeihen, außer dass man ihm die Wahrheit sagt. Fünfzig Jahre später waren sein Hass und sein Wunsch, den falschen Meister in Verruf zu bringen, größer denn je.

Als Anselmo Giordano von Poeten und Malern die Legende von der jungen Francesca vernahm, schickte er seine Bediensteten mit einer Tasche voller Goldmünzen zu der Familie und erbat sich ihr Erscheinen. Die Eltern der jungen Frau, herausgeputzt wie Zirkusaffen beim Besuch des Hofes von Mantua, wurden in Begleitung Francescas, die nur in bescheidene Lumpen gehüllt war, bei Giordano vorstellig. Als er seine Augen auf sie richtete, begann ihm das Herz bis in den Hals hinauf zu schlagen. Alles, was er gehört hatte, traf zu, ja wurde noch übertroffen. Eine derartige Schönheit gab es nicht auf Erden und hatte es nie gegeben, und er wusste, wie nur ein Künstler es wissen kann, dass ihr Reiz nicht, wie jedermann glaubte, von dieser Haut und diesem gemeißelten Körper ausging, sondern von der Kraft und dem Licht, die ihrem Inneren, ihren traurigen, verzweifelten Augen, ihren vom Schicksal versiegelten Lippen entströmten. Francesca di Parma beeindruckte Meister Giordano so sehr, dass er sie sich auf keinen Fall entgehen lassen und auch nicht erlauben durfte, dass sie einem anderen Künstler saß, dieses Naturwunder durfte nur ihm und sonst niemandem gehören. Nur so würde er ein Werk zustande bringen, das ihm größere Anerkennung eintrüge, als die Menschen dem Werk des nichtigen, niederträchtigen Leonardo zollten. Nur so würde sein Ruhm und Ruf den des verstorbenen Leonardo übersteigen, dessen Namen er nicht mehr öffentlich zu verunglimpfen bräuchte, denn einmal auf dem Gipfel angelangt, wäre er es, der es sich leisten könnte, ihn zu vergessen und zu behaupten, sein Werk sei nie etwas anderes gewesen als Nahrung für Einfaltspinsel und Narren. Und so fertigte Giordano ein Angebot aus, das die goldensten Träume von Francescas vorgeblichen Eltern in den Schatten stellte. Die Hochzeit, die in der Kapelle von Giordanos Palast stattfinden sollte, wurde auf eine Woche später angesetzt. Bei diesen Verhandlungen sprach Francesca kein einziges Wort.

Sieben Tage später strich der junge Cervantes auf der Suche nach Inspiration durch die Stadt, als sich das Geleit einer großen goldenen Kutsche einen Weg durch die Menge bahnte. Beim Überqueren der Via del Corso blieb der Zug einen Augenblick stehen, und da erblickte er sie. Francesca di Parma, in die köstlichsten Seidengewänder gehüllt, die die Florentiner Handwerker gewirkt hatten, betrachtete ihn schweigend durchs Kutschenfenster. So groß war die Tiefe der Traurigkeit, die er in ihrem Blick las, so mächtig die Kraft dieses geraubten Geistes, der in sein Gefängnis geführt wurde, dass Cervantes die kühle Gewissheit hatte, er habe erstmals in seinem Leben eine Spur seiner wirklichen Bestimmung gefunden, und zwar im Antlitz einer Unbekannten.

Als das Gefolge abzog, erkundigte sich Cervantes, wer dieses Wesen sei, und die Passanten erzählten ihm Francesca di Parmas Geschichte. Da erinnerte er sich, Gerede und Gerüchte über sie gehört, ihnen aber keinen Glauben geschenkt, sondern sie der lüsternen Phantasie einheimischer Dramatiker zugeschrieben zu haben. Doch die Legende stimmte. Die erhabene Schönheit hatte sich in einem schlichten Mädchen einfacher Herkunft verkörpert, und wie zu erwarten gewesen war, hatten die Menschen ihr Elend und ihre Erniedrigung noch verstärkt. Der junge Cervantes wollte dem Zug zum Palast folgen, doch es gebrach ihm an Kraft. Für ihn waren das Fest und der Trubel darum herum Trauermusik, und alles, was er sah, erschien ihm nur als die tragische Vernichtung von Schönheit und Vollkommenheit durch die Habsucht, Erbärmlichkeit und Unwissenheit der Menschen. Er kehrte in seine Herberge zurück, entgegen der Menge, die die Hochzeit außerhalb der Palastmauern des berühmten Malers mitbekommen wollte; es hatte sich seiner eine Traurigkeit bemächtigt, die fast der gleichkam, die er im Blick des namenlosen jungen Mädchens entdeckt hatte.

In dieser Nacht, während Meister Giordano Francesca di Parmas Körper von den Seidenstoffen entblößte, die ihn einhüllten, und ungläubig und geil jeden Zentimeter ihrer Haut liebkoste, stürzte das Haus ihrer ehemaligen Familie, das an gewagter Stelle über dem Tiber erbaut war, unter dem Gewicht des auf ihre Kosten angehäuften Schatzes und Flitters ein und mit sämtlichen darin gefangenen Mitgliedern ins eisige Wasser des Flusses hinunter, so dass niemand sie je wieder erblickte.

Nicht weit von dort griff Cervantes, unfähig einzuschlafen, im Licht einer Öllampe zu Papier und Tinte, um über das zu schreiben, was er an diesem Tag gesehen hatte. Hände und Wort versagten ihm jedoch, als er den Eindruck zu beschreiben versuchte, den der kurze Blickwechsel mit dem jungen Mädchen Francesca in der Via del Corso in ihm hervorgerufen hatte. Die ganze Kunst, die er zu besitzen glaubte, zerfiel ihm unter der Feder, und kein einziges Wort blieb auf der Seite stehen. Da sagte er sich, wenn er vielleicht einmal in der Lage wäre, in seiner Literatur nur ein Zehntel der Magie dieser Erscheinung festzuhalten, würden sein Name und Ruhm sich unter diejenigen der größten Dichter der Geschichte reihen und ihn zum König der Erzähler machen, zu einem Fürsten des Parnass, dessen Licht das verlorene Paradies der Literatur erleuchten und nebenbei den widerlichen Ruf des heimtückischen Dramatikers Lope de Vega auslöschen würde, dem Reichtum und Glorie unaufhörlich lächelten und der seit frühester Jugend noch nie dagewesene Erfolge einheimste, während er selbst kaum einen Vers zustande brachte, der nicht das Papier beschämte, auf das er ihn geschrieben hatte. Als er Augenblicke später die Schwärze seines Wunsches erkannte, schämte er sich seiner Eitelkeit und des ungesunden Neides, der ihn zerfraß, und sagte sich, er sei kein besserer Mensch als der alte Giordano, der in diesem Moment wohl gerade mit seinen Betrügerlippen den verbotenen Honig leckte und mit zittrigen, schandebesudelten Händen die mit seinen Dublonen geraubten Geheimnisse erforschte.

Gott, so nahm er an, habe in seiner unendlichen Grausamkeit Francesca di Parmas Schönheit den Menschenhänden überlassen, um sie an ihre hässlichen Seelen, ihre elenden Bestrebungen und widerlichen Wünsche zu erinnern.

Die Tage vergingen, ohne dass die Erinnerung an diese kurze Begegnung aus seinem Gedächtnis zu tilgen war. Er versuchte, an seinem Schreibtisch zu arbeiten und die Teile eines Dramas zusammenzufügen, das das Publikum zufriedenstellen und seine Phantasie packen könnte wie die, die Lope ohne sichtbare Mühe verfasste, doch alles, was sein Geist hervorzurufen vermochte, war der Verlust, den Francesca di Parmas Bild seinem Herzen eingepflanzt hatte. Auf Kosten des geplanten Dramas brachte seine Feder Seite um Seite einer trüben Romanze hervor, in deren Versen er die verlorene Geschichte des jungen Mädchens zu rekonstruieren versuchte. In seiner Erzählung hatte Francesca keine Erinnerung, sondern war ein weißes Blatt, ihre Person ein noch zu schreibendes Schicksal, das nur er sich ausdenken konnte, eine Verheißung von Reinheit, die ihm den Willen zurückgeben würde, an etwas Sauberes, Unschuldiges zu glauben in einer Welt von Lug und Trug, von Schäbigkeit und Verdammung. Die Nächte verbrachte er schlaflos und geißelte die Phantasie, straffte die Saiten des Geistes bis zur Erschöpfung, doch im Morgengrauen überlas er die vollgeschriebenen Seiten und warf sie ins Feuer, denn er wusste, dass sie es nicht verdienten, das Tageslicht mit dem Geschöpf zu teilen, das sie inspiriert hatte und sich in dem Gefängnis langsam aufzehrte, das Giordano, den er nie gesehen hatte, aber von ganzem Herzen hasste, in seinen Palastmauern für sie errichtet hatte.

Die Tage häuften sich zu Wochen und die Wochen zu Monaten, und bald war seit Anselmo Giordanos und Francesca di Parmas Hochzeit ein halbes Jahr verstrichen, ohne dass jemand in Rom die beiden wiedergesehen hatte. Man wusste, dass die besten Händler der Stadt an den Palastpforten Vorräte ablieferten und von Tommaso, dem persönlichen Diener des Meisters, empfangen wurden. Man wusste, dass Antonio Mercantis Werkstatt den Meister wöchentlich mit Leinwand und anderem Arbeitsmaterial versorgte. Doch keine Menschenseele konnte behaupten, den Maler oder seine junge Gattin persönlich gesehen zu haben. Als die Verbindung sechs Monate alt war, befand sich Cervantes in den Räumen eines bekannten Theaterimpresarios, dem mehrere große Bühnen in der Stadt unterstanden und der immer auf der Suche nach neuen talentierten Hungerleiderautoren war, die bereit waren, für ein Almosen zu arbeiten. Dank der Empfehlung mehrerer Kollegen hatte Cervantes eine Audienz bei Don Leonello bekommen, einem extravaganten Edelmann mit schwülstigem Gehabe und vornehmer Gewandung, der auf seinem Schreibtisch Glasflakons mit angeblichen intimen Sekretionen großer Kurtisanen sammelte, deren Tugend er in ihrer Blüte geerntet hatte, und der am Revers eine kleine Brosche in der Form eines Engels trug. Leonello ließ ihn stehend warten, während er die Seiten des Dramas überflog und Langeweile und Verachtung heuchelte.

»*Ein Dichter in der Hölle*«, murmelte der Impresario. »Das hat man bereits gesehen. Andere haben diese Geschichte vor Ihnen und besser als Sie erzählt. Was ich suche, ist, sagen wir, Innovation. Kühnheit. Vision.«

Cervantes wusste aus Erfahrung, dass die, die in der Kunst diese edlen Tugenden zu suchen vorgaben, sie normalerweise am allerwenigsten erkennen konnten, aber er wusste ebenfalls, dass ein leerer Magen und eine leichte Börse auch dem Gerissensten Argumente und Rhetorik nehmen. Wenn ihm sein Instinkt etwas sagte, dann, dass Leonello, der wie ein alter Fuchs aussah, jedenfalls eindeutig in Aufregung versetzt war durch die Art des Materials, das er ihm gebracht hatte.

»Es tut mir leid, dass ich Euer Hochwohlgeboren habe Zeit verlieren lassen …«

»Nicht so eilig«, unterbrach ihn Leonello. »Ich habe gesagt, dass man das bereits gesehen hat, nicht aber, dass es, sagen wir, ein Mist ist. Sie haben einiges Talent, aber es fehlt Ihnen am Handwerk. Und was Sie auch nicht haben, ist, sagen wir, Geschmack. Und keinen Sinn für den richtigen Augenblick.«

»Ich danke Ihnen für Ihre Großzügigkeit.«

»Und ich Ihnen für den Sarkasmus, Cervantes. Sie Spanier sind übermäßig stolz, und es fehlt

Ihnen an Konstanz. Geben Sie nicht so schnell auf. Lernen Sie von Ihrem Landsmann Lope de Vega. Wie er leibt und lebt, so sagt man bei Ihnen doch.«

»Ich werde daran denken. Sehen Euer Hochwohlgeboren also eine geringe Möglichkeit, mein Werk anzunehmen?« Leonello lachte herzlich.

»Können Schweine vielleicht fliegen? Niemand will Stücke sehen, die, sagen wir, vor Verzweiflung triefen und einem weismachen wollen, dass das Herz der Menschen faul ist und dass man selbst und die anderen die Hölle sind, Cervantes. Man geht ins Theater, um zu lachen, um zu weinen und daran erinnert zu werden, wie gut und edel man ist. Sie haben Ihre Naivität noch nicht verloren und glauben, Sie müssten, sagen wir, die Wahrheit verkünden. Das wird Ihnen mit den Jahren vergehen, so hoffe ich wenigstens, denn ich sähe Sie ungern auf dem Scheiterhaufen brennen oder in einem Gefängnis verfaulen.«

»Also glauben Sie nicht, dass mein Werk jemanden zu interessieren vermöchte ...«

»Das habe ich nicht gesagt. Sagen wir, ich kenne jemanden, der sich vielleicht dafür interessieren könnte.«

Cervantes spürte seinen Puls schneller schlagen.

»Wie vorhersehbar ist doch der Hunger«, seufzte Leonello.

»Im Gegensatz zu den Spaniern kennt der Hunger keinen Stolz, und er strotzt vor Konstanz«, entgegnete Cervantes.

»Sehen Sie? Sie haben doch ein wenig Handwerk. Sie können eine Sentenz umdrehen und eine, sagen wir, dramatische Linie der Replik konstruieren. Das ist zwar etwas für Anfänger, aber mancher bereits aufgeführte Tölpel kann nicht einmal einen unbemerkten Abgang schreiben ...«

»Dann können Sie mir also helfen, Don Leonello? Ich kann alles machen, und ich lerne schnell.«

»Das bezweifle ich nicht ...«

Leonello musterte ihn zweifelnd.

»Alles, Euer Hochwohlgeboren. Ich bitte Sie darum ...«

»Da gibt es etwas, was Sie vielleicht interessieren könnte. Es birgt aber seine, sagen wir, Risiken.«

»Das Risiko schreckt mich nicht. Wenigstens nicht mehr als das Elend.«

»In diesem Fall ... Ich kenne da einen Caballero, mit dem ich, sagen wir, ein Abkommen habe. Wenn mir eine junge Verheißung mit einem gewissen Potential über den Weg läuft wie, sagen wir, Sie, schicke ich den Mann zu ihm, und er, sagen wir, verdankt es mir. Auf seine Art.«

»Ich bin ganz Ohr.«

»Das ist es ja, was mir Sorgen macht ... Es verhält sich so, dass besagter Caballero, sagen wir, gerade kurz in der Stadt weilt.«

»Ist der Caballero ein Theaterimpresario wie Euer Hochwohlgeboren?«

»Sagen wir, etwas Ähnliches. Ein Verleger.«

»Noch besser ...«

»Wenn Sie meinen. Er hat Niederlassungen in Paris, Rom und London und ist stets auf der Suche nach einer ganz speziellen Art von Talent. Sagen wir, wie das Ihre.«

»Ich bin Ihnen außerordentlich dankbar für ...«

»Bedanken Sie sich nicht. Suchen Sie ihn auf und sagen Sie ihm, dass ich Sie geschickt habe. Aber sputen Sie sich. Ich weiß, dass er nur ein paar Tage in der Stadt weilt ...«

Leonello schrieb einen Namen auf ein Blatt und reichte es ihm.

Andreas Corelli
Stampa della Luce

»Sie werden ihn bei Einbruch der Dämmerung in der Locanda Borghese finden.«

»Glauben Sie, dass ihn mein Werk interessieren wird?«

Leonello lächelte rätselhaft.

»Viel Glück, Cervantes.«

Als es Abend wurde, schlüpfte Cervantes in die einzigen sauberen Kleider, die er noch hatte, und machte sich auf den Weg zur Locanda Borghese, einer von Gärten und Kanälen umgebenen Villa nicht weit von Don Anselmo Giordanos Palast. Ein umsichtiger Diener überraschte ihn unten an der Freitreppe mit der Ankündigung, er werde erwartet, Andreas Corelli werde ihn in wenigen Augenblicken in einem der Salons empfangen. Cervantes malte sich aus, Leonello sei vielleicht doch gutherziger, als es den Anschein mache, und habe dem befreundeten Verleger eine Empfehlungsnote zu seinen Gunsten geschickt. Der Diener führte ihn in eine große ovale Bibliothek im Halbdunkel, die von einem Feuer gewärmt wurde, dessen kräftiger Bernsteinglanz über die unendlichen Bücherwände tanzte. Vor dem Feuer standen zwei große Sessel, und nach kurzem Zögern setzte sich Cervantes in einen von ihnen. Das hypnotische Ballett des

Feuers und sein warmer Atem lullten ihn ein. Nach zwei Minuten bemerkte er, dass er nicht allein war. Im anderen Sessel saß eine große, kantige Gestalt. Der Mann war in Schwarz gekleidet und trug am Revers einen silbernen Engel, wie er ihn am Nachmittag bei Leonello gesehen hatte. Als Erstes fielen ihm seine Hände auf, die größten, die er je erblickt hatte, weiß und mit langen, schmalen Fingern. Das Zweite waren die Augen. Zwei Spiegel mit dem Widerschein der Flammen und seinem eigenen Gesicht, die nie blinzelten und die Zeichnung der Pupillen zu verändern schienen, ohne dass sich auch nur der geringste Gesichtsmuskel bewegte.

»Der gute Leonello sagt mir, Sie seien ein Mann mit großem Talent und wenig Geld.«

Cervantes schluckte.

»Lassen Sie sich durch mein Aussehen nicht beunruhigen, Señor Cervantes. Der Schein trügt nicht immer, macht aber fast immer dumm.«

Cervantes nickte schweigend. Corelli lächelte, ohne die Lippen zu öffnen.

»Sie bringen mir ein Theaterstück. Irre ich mich?«

Cervantes reichte ihm das Manuskript und sah Corelli beim Lesen des Titels lächeln.

»Es ist eine erste Fassung«, sagte Cervantes.

»Nicht mehr«, erwiderte Corelli, während er blätterte.

Cervantes sah, wie der Verleger ruhig las und dabei ab und zu lächelte oder überrascht die Brauen hochzog. Auf dem Tisch zwischen den beiden Sesseln schienen wie aus dem Nichts ein Glas und eine Flasche Wein erlesener Farbe aufgetaucht zu sein.

»Bedienen Sie sich, Cervantes. Nicht nur von Buchstaben lebt der Mensch erbärmlich.«

Cervantes kredenzte sich den Wein und führte das Glas zum Mund. Ein süßes, berauschendes Bouquet überschwemmte seinen Gaumen. In drei Schlucken hatte er den Wein ausgetrunken und verspürte das unwiderstehliche Bedürfnis, sich noch mehr einzuschenken.

»Ohne Scheu, mein Freund. Ein Glas ohne Wein ist eine Beleidigung des Lebens.«

Bald wusste Cervantes nicht mehr, wie viele Gläser er schon getrunken hatte. Eine angenehme, erquickende Schläfrigkeit hatte sich seiner bemächtigt, und durch die halb zugefallenen Lider sah er Corelli im Manuskript weiterlesen. In der Ferne schlug es Mitternacht. Kurz danach fiel der Vorhang tiefen Schlafes, und Cervantes überließ sich der Stille.

Als er die Augen wieder öffnete, zeichnete sich Corellis Gestalt vor dem Feuer ab. Sein Manuskript in der Hand, stand der Verleger mit dem Rücken zu ihm vor den Flammen. Cervantes verspürte eine leichte Übelkeit, den süßlichen Nachgeschmack des Weins im Hals, und er fragte sich, wie viel Zeit vergangen sein mochte.

»Eines Tages werden Sie ein Meisterwerk verfassen, Cervantes«, sagte Corelli. »Das da ist es aber nicht.«

Und ohne weitere Worte warf er das Manuskript ins Feuer. Cervantes stürzte auf die Flammen zu, doch das Prasseln hielt ihn zurück. Er sah, wie das Ergebnis seiner Mühen unwiederbringlich verbrannte, die tintengeschwärzten Zeilen sich flammenblau färbten und Schwaden weißen Rauchs wie Schlangen über die Seiten zogen. Trostlos ließ er sich auf die Knie fallen, und als er sich umwandte, sah er, wie ihn der Verleger mitleidig betrachtete.

»Manchmal muss ein Schriftsteller tausend Seiten verbrennen, ehe er eine zustande bringt, die es verdient, seinen Namen zu tragen. Sie haben ja noch kaum angefangen. Ihr Werk erwartet Sie auf der Schwelle zur Reife.«

»Sie hatten kein Recht, das zu tun.«

Corelli lächelte und streckte ihm die Hand hin, um ihm beim Aufstehen zu helfen. Cervantes zögerte, doch dann ergriff er sie.

»Sie sollen etwas für mich schreiben, mein Freund. Ganz ohne Eile. Auch wenn Sie dazu Jahre benötigen, und das werden Sie. Mehr, als Sie annehmen. Etwas, was zu Ihrem Ehrgeiz und Ihren Wünschen passt.«

»Was wissen Sie von meinen Wünschen?«

»Wie fast alle angehenden Dichter sind auch Sie ein offenes Buch, Cervantes. Aus diesem Grund, weil mir Ihr *Dichter in der Hölle* wie eine Kinderspielerei vorkommt, wie Masern, die heilen, möchte ich Ihnen ein verbindliches Angebot machen. Ein Angebot, damit Sie ein Werk auf Ihrem Niveau schreiben – und auf meinem.«

»Sie haben alles verbrannt, was ich in monatelanger Arbeit zustande gebracht habe.«

»Und ich habe Ihnen damit einen Gefallen erwiesen. Und jetzt, Hand aufs Herz, sagen Sie mir, ob Sie wirklich glauben, dass ich nicht recht habe.«

Nach einiger Zeit nickte Cervantes.

»Und sagen Sie mir, ob ich mich irre, wenn ich behaupte, Sie trügen im Herzen die Hoffnung, ein Werk zu schaffen, das dasjenige Ihrer Rivalen überstrahlt, das den Namen Lope und seinen fruchtbaren Geist trübt ...«

Cervantes wollte protestieren, doch die Worte fanden nicht zu den Lippen. Corelli lächelte ihm wieder zu.

»Sie brauchen sich deswegen nicht zu schämen. Und keine Rede davon, dieser Wunsch mache Sie zu jemandem wie Giordano ...«

Verwirrt schaute Cervantes auf.

»Natürlich kenne ich die Geschichte von Giordano und seiner Muse«, sagte Corelli und kam damit seiner Frage zuvor. »Ich kenne sie, weil ich den alten Meister schon seit vielen Jahren kenne, länger, als Sie auf der Welt sind.«

»Anselmo Giordano ist ein Schuft.«

Corelli lachte.

»Nein, das ist er nicht. Er ist einfach ein Mann.«

»Ein Mann, der es verdient, für seine Verbrechen zu büßen.«

»Glauben Sie? Sagen Sie mir nicht, Sie wollten sich auch mit ihm duellieren.«

Cervantes erbleichte. Wie konnte der Verleger wissen, dass er Madrid vor Monaten verlassen hatte, weil er vor einem Haftbefehl infolge eines Duells floh, an dem er teilgenommen hatte? Corelli lächelte ihm nur maliziös zu und zeigte anklagend mit dem Finger auf ihn.

»Und welche Verbrechen schreiben Sie denn dem unglücklichen Giordano zu, außer seinem Hang, nach dem Geschmack von Kaufleuten und Bischöfen bukolische Szenen mit Ziegen, der Muttergottes und kleinen Hirten zu malen und zur Freude der Gemeinde während des Gebets Madonnen mit schwellender Büste?«

»Er hat dieses arme Mädchen entführt und hält sie in seinem Palast gefangen, um seine Habsucht und seine Niederträchtigkeit zu befriedigen. Um sein mangelndes Talent zu verstecken. Um seine Schande zu übertünchen.«

»Wie schnell doch die Menschen mit Urteilen über ihresgleichen zur Hand sind bei Handlungen, die sie selbst ebenfalls begingen, wenn sie nur die Chance dazu hätten ...«

»Ich würde nie tun, was er getan hat.«

»Sind Sie sicher?«

»Absolut.«

»Würden Sie es wagen, sich auf die Probe stellen zu lassen?«

»Ich verstehe Sie nicht ...«

»Sagen Sie, Señor Cervantes, was wissen Sie über Francesca di Parma? Und beschenken Sie mich nicht mit dem Gedicht von der entehrten Jungfer und ihrer grausamen Kindheit. Sie haben mir schon bewiesen, dass Sie die Grundbegriffe des Theaters beherrschen ...«

»Ich weiß bloß ..., dass sie es nicht verdient, in einem Gefängnis zu leben.«

»Ist es vielleicht wegen ihrer Schönheit? Adelt die sie etwa?«

»Wegen ihrer Lauterkeit. Wegen Ihrer Güte. Wegen ihrer Unschuld.«

Corelli leckte sich die Lippen.

»Sie haben immer noch Zeit, die Literatur aufzugeben und Priester zu werden, mein lieber Cervantes. Besseres Gehalt, schöne Gemächer, von den warmen, reichhaltigen Mahlzeiten ganz zu schweigen. Man muss einen sehr starken Glauben haben, um Dichter zu sein. Mehr, als Sie bekunden.«

»Sie machen sich über alles lustig.«

»Nur über Sie, Cervantes.«

Cervantes stand auf und machte Anstalten, zur Tür zu gehen.

»Dann lasse ich Euer Hochwohlgeboren allein, damit Sie nach Herzenslust lachen können.«

Cervantes war beinahe bei der Tür angelangt, als diese vor seiner Nase so heftig zuschlug, dass es ihn zu Boden warf. Er konnte sich nur mit Mühe aufrichten, als er Corelli über ihn gebeugt sah, zwei Meter einer kantigen Gestalt, die drauf und dran schien, sich auf ihn zu stürzen und ihn in Stücke zu reißen.

»Stehen Sie auf«, befahl er.

Cervantes gehorchte. Die Augen des Verlegers schienen sich verändert zu haben. Zwei große schwarze Pupillen breiteten sich über seinen Blick aus. Noch nie hatte Cervantes solche Angst gehabt. Er tat einen Schritt zurück und stieß an die Bücherwand.

»Ich will Ihnen eine Chance geben, Cervantes. Die Chance, Sie selbst zu werden und aufzuhören, über Wege zu irren, die Sie dazu brächten, Leben zu leben, die nicht das Ihre sind. Und wie bei jeder Chance ist die Wahl am Ende Ihre Angelegenheit. Nehmen Sie mein Angebot an?«

Cervantes zuckte die Schultern.

»Mein Angebot ist folgendes. Sie werden ein Meisterwerk schreiben, doch um das zu tun, werden Sie verlieren müssen, was Sie am meisten lieben. Ihr Werk wird gefeiert werden, beneidet und nachgeahmt für alle Zeiten, aber in Ihrem Herzen wird sich eine Leere auftun, die tausendmal größer ist als der Ruhm und die Eitelkeit Ihres Geistes, denn erst dann werden Sie den wahren Charakter Ihrer Gefühle begreifen, und erst dann werden Sie wissen, ob Sie, wie Sie meinen, ein besserer Mensch als Giordano und alle diejenigen sind, die wie er zuvor vor ihrem eigenen Spiegelbild auf die Knie gefallen sind, als sie diese Herausforderung annahmen ... Nehmen Sie an?«

Cervantes versuchte den Blick von Corellis Augen loszureißen.

»Ich höre Sie nicht.«

»Ich nehme an«, hörte Cervantes sich sagen.

Corelli gab ihm die Hand, und Cervantes drückte sie. Die Finger des Verlegers schlossen sich um die seinen wie eine Spinne, und er spürte im Gesicht Corellis kalten Atem, der nach umgegrabener Erde und verwelkten Blumen roch.

»Jeden Sonntag um Mitternacht öffnet Tommaso, Giordanos Diener, die Tür, die auf die zwischen den Bäumen verborgene Gasse im Osten des Palasts herausführt, und geht ein Fläschchen Tonikum holen, das der Quacksalber Avianno aus Gewürzen und Rosenwasser für Giordano herstellt und mit dem er das Feuer der Jugend wiedererlangen zu können glaubt. Das ist die einzige Nacht in der Woche, da das Gesinde und die Wache des Meisters freihaben, und die nächste Schicht kommt erst am frühen Morgen. In der halben Stunde, die der Diener draußen ist, bleibt die Tür offen, und niemand bewacht den Palast ...«

»Und was erwarten Sie von mir?«, stammelte Cervantes.

»Die Frage ist, was Sie von sich selbst erwarten, mein Lieber. Ist das das Leben, das Sie leben wollen? Ist das der Mann, der Sie sein wollen?«

Die Flammen im Kamin zuckten und erloschen, auf den Bibliothekswänden rückten die Schatten wie Tintenflecken vor und hüllten Corelli ein. Als Cervantes zu einer Antwort ansetzte, war er schon allein.

An diesem Sonntag wartete er zwischen den Bäumen verborgen, die den Palast säumten. Noch hatte es zwölf Uhr nicht zu Ende geschlagen, als eine kleine Seitentür aufging, wie Corelli vorhergesagt hatte, und die gebeugte Gestalt des alten Dieners gassab zu gehen begann. Cervantes wartete, bis sich sein Schatten in der Nacht verloren hatte, und glitt zur Tür. Er legte die Hand auf die Klinke und drückte sie nieder. Wie Corelli ebenfalls gesagt hatte, ging die Tür auf. Cervantes warf einen letzten Blick zurück und trat ein im Glauben, nicht gesehen worden zu sein. Sowie sich die Tür hinter ihm geschlossen hatte, stellte er fest, dass ihn vollkommene Dunkelheit einhüllte, und er verfluchte seinen Mangel an gesundem Menschenverstand, da er keine Kerze oder Lampe mitgenommen hatte. Er tastete sich die Mauern entlang, die feucht und glitschig waren wie die Eingeweide einer Bestie, bis er auf die erste Stufe einer offenbar spiralförmigen Treppe stieß. Langsam stieg er hinan, und kurz darauf zeichnete sich in einer schwachen Helligkeit ein steinerner Bogen ab, der zu einem großen Korridor führte. Der Boden war schachbrettartig mit großen weißen und schwarzen Marmorrhomben ausgelegt. Wie ein Bauer, der durch einen Spielzug heimlich vorrückt, drang Cervantes weiter in den großen Palast vor. Er hatte noch nicht einmal die Galerie ganz hinter sich gebracht, als er neben den Wänden Bilder und Rahmen auf dem Boden liegen sah, die ihm wie die durch den ganzen Palast verstreuten Überreste eines Schiffbruchs erschienen. Er ging dicht an Gemächern und Salons vorüber, wo sich auf Regalen, Tischen und Stühlen unfertige Porträts stapelten. Eine in die oberen Stockwerke führende Marmortreppe war überschwemmt von zerstörten Gemälden, auf einigen noch die Reste der Wut sichtbar, mit der ihr Schöpfer sie vernichtet hatte. Als er zur zentralen Halle gelangte, sah sich Cervantes am Fuß eines großen, dunstigen Mondlichtbündels, das durch die Kuppel des Palasts gefiltert wurde, wo Tauben umherflatterten und das Echo ihrer Flügel auf Gänge und Zimmer in ruinösem Zustand warfen. Er kniete vor einem der Porträts nieder und erkannte auf der Leinwand das verwaschene Gesicht – halbfertig wie alle Bildnisse von Francesca di Parma.

Cervantes schaute sich um und sah Hunderte wie dieses, alle verworfen und liegengelassen. Da ging ihm auf, warum niemand den Meister Giordano wiedergesehen hatte. In seinem Bemühen, die verlorene Inspiration zurückzugewinnen und Francesca di Parmas Leuchtkraft festzuhalten, hatte der Künstler mit jedem Pinselstrich mehr den Verstand verloren. Sein Wahnsinn hatte auf den überall verstreuten Bildern Spuren hinterlassen.

»Ich habe Sie schon seit langem erwartet«, sagte eine Stimme hinter ihm.

Cervantes wandte sich um. Ein hagerer Alter mit langem verfilzten Haar, schmutzigen Kleidern und geröteten glasigen Augen beobachtete ihn lächelnd in einer Ecke des Salons. Er saß auf dem Boden, einzig in Gesellschaft eines Glases und einer Weinflasche. Meister Giordano, einer der berühmtesten Maler seiner Zeit, in seinem eigenen Heim zum verrückten Bettler geworden.

»Sie sind gekommen, um sie mitzunehmen, nicht wahr?«, fragte er.

Cervantes fand keine Antwort. Der alte Maler schenkte sich ein weiteres Glas ein und hob es zum Toast.

»Mein Vater hat diesen Palast für mich erbaut, wissen Sie. Er sagte, er würde mich vor der Welt schützen. Aber wer schützt uns vor uns selbst?«

»Wo ist Francesca?«

Der Maler schaute ihn lange an und nippte mit sardonischem Ausdruck am Wein.

»Glauben Sie wirklich, Sie hätten Erfolg, wo so viele andere gescheitert sind?«

»Ich will keinen Erfolg, Meister. Nur ein Mädchen befreien, das es nicht verdient, an einem solchen Ort zu leben.«

»Prachtvolle Noblesse von einem, der sogar sich selbst belügt.«

»Ich bin nicht hierhergekommen, um mit Ihnen zu streiten, Meister. Wenn Sie mir nicht sagen, wo sie ist, werde ich sie schon finden.«

Giordano trank das Glas aus und nickte.

»Ich werde Sie nicht zurückhalten, junger Mann.«

Giordano blickte zu der Treppe, die sich im Dunst zur Kuppel hinaufzog. Cervantes spähte ins Halbdunkel und erblickte sie. Francesca di Parma, eine lichte Erscheinung in der Dunkelheit, stieg langsam herunter, nackt und barfuß. Eilig zog Cervantes seinen Umhang aus, bedeckte sie damit und umschlang sie mit den Armen. Die unendliche Traurigkeit ihres Blicks heftete sich auf ihn.

»Der Caballero möge diesen verfluchten Ort verlassen, solange es noch Zeit ist«, flüsterte sie.

»Ich werde gehen, aber in Ihrer Gesellschaft.«

In seiner Ecke applaudierte Giordano.

»Prachtvolle Szene. Die Geliebten um Mitternacht auf der Treppe zum Himmel.«

Francesca sah den alten Maler, den Mann, der sie ein halbes Jahr lang gefangen gehalten hatte, zärtlich und ohne eine Spur von Groll an. Giordano lächelte sanft, wie ein verliebter Jugendlicher.

»Verzeih mir, mein Engel, dass ich nicht gewesen bin, was du verdient hast.«

Cervantes wollte die junge Frau fortziehen, doch sie hatte den Blick weiterhin auf ihren Entführer gerichtet, einen Mann, der in den letzten Zügen zu liegen schien. Giordano füllte sein Glas abermals und bot es ihr an.

»Ein letzter Schluck zum Abschied, mein Engel.«

Francesca löste sich aus Cervantes' Umarmung, ging zu Giordano und kniete neben ihm nieder. Sie streckte die Hand aus und streichelte sein runzeliges Gesicht. Der Maler schloss die Augen und verlor sich in dieser Berührung. Vor dem Gehen nahm Francesca das Glas entgegen und trank von dem angebotenen Wein, langsam, die Augen geschlossen, das Glas mit beiden Händen haltend. Dann ließ sie es fallen, so dass es zu ihren Füßen in tausend Scherben zersplitterte. Cervantes hielt sie fest, und sie überließ sich ihm. Ohne dem

Maler einen letzten Blick zu schenken, steuerte Cervantes mit dem jungen Mädchen im Arm auf die Eingangstür des Palastes zu. Als sie ins Freie traten, erwarteten ihn Wachen und Bedienstete. Keiner machte Anstalten, ihn aufzuhalten. Eine der bewaffneten Wachen hielt ein schwarzes Pferd am Zaum und bot es ihm an. Cervantes zögerte, ehe er es annahm. Sowie er es tat, öffneten sich die Reihen der Wachen, die ihm schweigend zuschauten. Francesca in den Armen, stieg er auf. Er trabte schon nach Süden, als die Flammen aus der Palastkuppel züngelten und Roms Himmel mit Scharlach und Asche überzogen.

Tagsüber ritten sie, und die Nächte verbrachten sie in Herbergen und Gasthöfen, wo sie dank den Münzen, die Cervantes in den Satteltaschen gefunden hatte, vor der Kälte und dem Argwohn Zuflucht fanden. Erst nach ein paar Tagen bemerkte Cervantes den Mandelgeruch auf Francescas Lippen und die dunklen Ringe, die um ihre Augen wuchsen. Jeden Abend, wenn ihm das junge Mädchen hingebungsvoll ihre Nacktheit schenkte, war Cervantes bewusst, dass sich dieser Körper in sei-nen Händen verflüchtigte, dass das Glas Gift, mit dem Giordano sie und sich selbst vom Fluch hatte befreien wollen, in ihren Adern brannte und sie aufzehrte. Auf ihrer weiteren Reise stiegen sie in den besten Hotels ab, wo Ärzte und Weise sie untersuchten, ohne ihre Krankheit diagnostizieren zu können. Tagsüber erlosch Francesca, war kaum fähig, zu sprechen oder die Augen offen zu halten, und nachts erstand sie im Halbdunkel des Betts wieder auf, verhexte die Sinne des Dichters und lenkte seine Hände. Am Ende der zweiten Woche ihres Weges fand er sie an dem See, der sich neben ihrer Herberge erstreckte, unter dem Regen dahingehen. Das Wasser rann ihr über den Körper, und sie erhob mit ausgebreiteten Armen das Gesicht zum Himmel, als erwarte sie, dass ihr die perlenden Tropfen auf der Haut die verfluchte Seele ausrissen.

»Du musst mich hier verlassen«, sagte sie. »Mich vergessen und deinen Weg fortsetzen.«

Doch Cervantes, der das Licht des jungen Mädchens täglich schwächer werden sah, gelobte sich, ihr nie auf Wiedersehen zu sagen, sondern um ihr Leben zu kämpfen, solange in ihrem Körper ein Hauch bliebe. Damit sie weiterhin ihm gehöre. Als sie die Pyrenäen nach Spanien überquerten, einen Schritt neben der Mittelmeerküste, und auf Barcelona zuritten, hatte er bereits hundert Seiten eines Manuskripts beisammen, an dem er jede Nacht schrieb, während er ihr beim Schlafen zusah, gefangen in einem schlechten Traum. Er spürte, dass seine Worte, die Bilder und Düfte, die sein Schreiben heraufbeschwor, noch die einzige Möglichkeit waren, sie am Leben zu erhalten. Allnächtlich, wenn Francesca in seinen Armen von der Müdigkeit übermannt wurde und sich dem Schlaf überließ, versuchte Cervantes fieberhaft, in tausendundein Phantasien ihre Seele wiederzuschreiben. Als Tage später sein Pferd nahe Barcelonas Mauern tot zusammenbrach, war das Drama, das er verfasst hatte, vollendet, und Francesca schien wieder Kraft und Farbe im Blick gewonnen zu haben. Beim Reiten hatte er wachen Sinnes geträumt, in dieser Stadt am Meer würde er Zuflucht und Hoffnung finden, eine befreundete Seele würde ihm jemanden entdecken helfen, der sein Manuskript druckte, und erst wenn die Leute seine Geschichte läsen und sich in seinem Universum von Bildern und Versen verlören, würden die Francesca, die er mit Papier und Tinte geschaffen hatte, und das Mädchen, das jede Nacht in seinen Armen mit dem Tod rang, eins werden, und er würde in eine Welt zurückkehren, in der Fluch und Not mit der Kraft des Wortes besiegt werden könnten und Gott, wo immer er sich verbärge, ihm erlaubte, einen weiteren Tag an ihrer Seite zu leben.

(Auszug aus
Die geheimen Chroniken der Stadt der Verdammten
Von Ignatius B. Samson
Ausgabe von Barrido y Escobillas Verlags AG,
Barcelona 1924)

Barcelona 1569

Zwei Tage später wurde Francesca di Parma unter einem rotglühenden Himmel beerdigt, der über dem ruhigen Meer schwebte und die Kerzen auf den im Hafen vor Anker liegenden Schiffen zum Brennen brachte. In der Nacht war das junge Mädchen in Cervantes' Armen gestorben, in dem Zimmer, das sie ganz oben in einem alten Haus in der Calle Ancha bewohnten. Der Drucker Antoni de Sempere und Sancho waren bei ihm, als sie zum letzten Mal die Augen öffnete und ihm mit einem Lächeln zuflüsterte: »Befreie mich.«

An diesem Nachmittag hatte Sempere den Druck der zweiten Fassung von *Ein Dichter in der Hölle* abgeschlossen, einer dreiaktigen Romanze aus Don Miguel de Cervantes Saavedras Feder, und hatte nun ein Exemplar mitgebracht, um es seinem Autor zu zeigen, der nicht einmal seinen Namen auf dem Titelblatt lesen mochte. Der Drucker, dessen Familie nahe der ehemaligen Puerta de Santa Madrona in der Calle de Trenta Claus eine kleine Parzelle besaß, bot ihm an, das junge Mädchen auf diesem bescheidenen Friedhof zu beerdigen, auf dem in den schlimmsten Zeiten der Inquisition die Familie Sempere Bücher vor dem Scheiterhaufen gerettet hatte, indem sie sie in den Särgen versteckt und diese in einer Art Bücherfriedhof und -heiligtum bestattet hatten. Voller Dankbarkeit nahm Cervantes an.

Nachdem er am folgenden Tag zum zweiten und letzten Mal seinen *Dichter in der Hölle* auf dem Sandstrand verbrannt hatte, wo eines Tages der Bakkalaureus Sansón Carrasco den geistvollen Hidalgo Alonso Quijano schlagen sollte, verließ Cervantes die Stadt und brach mit Francescas Erinnerung und Licht in der Seele auf.

Barcelona 1610

Es sollten vier Jahrzehnte vergehen, bis Miguel de Cervantes wieder in die Stadt zurückkehrte, in der er seine Unschuld begraben hatte. Eine Schwemme von Unheil, Misserfolgen und Mühen hatte die Erzählung seiner Tage gesäumt. Die Wohltat der Anerkennung in ihrer schäbigsten, knausrigsten Form war ihm erst in fortgeschrittener Reife zuteilgeworden. Und während sein bewunderter Zeitgenosse, der Dramatiker und Abenteurer Lope de Vega, seit seiner Jugend Ruhm, Reichtum und Glorie verbucht hatte, konnte Cervantes die Lorbeeren erst allzu spät genießen, denn Applaus hat nur einen Wert, wenn er im gerechten Moment eintrifft. Als welke Spätblume ist er nichts als Beleidigung und Schimpf.

Ums Jahr 1610 konnte sich Cervantes endlich als berühmten Literaten sehen, wenn auch von bescheidenstem Vermögen, denn das gemeine Metall hatte ihn ein Leben lang gemieden und schien sich in seinen letzten Jahren keines Besseren besinnen zu wollen. Ironie des Schicksals beiseite – die Gelehrten sagen, Cervantes sei in diesen knapp drei Monaten glücklich gewesen, die er 1610 in Barcelona verbrachte, aber es fehlt auch nicht an denen, die bezweifeln, dass er die Stadt je wirklich betrat, und an solchen, die sich scheinheilig entrüsten würden angesichts der Unterstellung, dass auch nur ein einziges in dieser bescheidenen apokryphen Romanze geschildertes Ereignis irgendwann oder irgendwo außerhalb der dekadenten Phantasie eines unseligen Schreiberlings stattgefunden habe.

Wenn wir jedoch der Legende glauben und die Münze der Phantasie und des Traums akzeptieren sollen, können wir versichern, dass Cervantes in diesen Tagen eine kleine Studierstube gegenüber der Hafenmauer bewohnte, mit hohen, aufs Mittelmeerlicht hinaus geöffneten Fenstern, die sich nicht weit von dem Zimmer befanden, wo Francesca di Parma in seinen Armen gestorben war, und dass er sich täglich hinsetzte, um eines seiner Werke zu verfassen, die ihm so enormen Ruhm eintragen sollten, vor allem jenseits der Grenzen des Reichs, wo er das Licht der Welt erblickt hatte. Das Haus, in dem er wohnte, gehörte seinem alten Freund Sancho, jetzt ein erfolgreicher Kaufmann mit sechs Söhnen und einem freundlichen Wesen, das ihm nicht einmal der Umgang mit den ganzen Schändlichkeiten der Welt hatte nehmen können.

»Und was schreiben Sie denn so, Meister?«,

fragte Sancho jeden Tag, wenn er ihn auf die Straße heraustreten sah. »Meine Frau Gemahlin wartet immer noch auf neue Mantel-und-Degen-Abenteuer unseres lieben Hidalgo von der Mancha ...«

Cervantes lächelte bloß und beantwortete die Frage nie.

Wenn es Abend wurde, ging er manchmal zu der Druckerei, die der alte Antoni de Sempere und sein Sohn in der Calle de Santa Ana neben der Kirche betrieben. Cervantes verbrachte seine Zeit gern zwischen Büchern und noch ungebundenen Seiten, unterhielt sich mit seinem Druckerfreund und vermied es, die Erinnerung zur Sprache zu bringen, die beiden noch lebhaft im Gedächtnis haftete.

Eines Abends, als es Zeit war, die Werkstatt bis zum nächsten Tag zu schließen, schickte Sempere seinen Sohn nach Hause und verschloss die Türen. Der Drucker schien beunruhigt, und Cervantes wusste, dass seinem guten Freund seit Tagen etwas im Kopf herumging.

»Neulich ist hier ein Caballero erschienen und hat nach Ihnen gefragt«, begann Sempere. »Weißes Haar, sehr groß, mit Augen ...«

»... wie die eines Wolfs«, ergänzte Cervantes.

Sempere nickte.

»Sie sagen es. Er gab sich als Freund von Ihnen aus und würde Sie gern sehen, wenn Sie in die Stadt kämen ... Ich könnte Ihnen nicht sagen, warum, aber sobald er gegangen war, befiel mich eine große Angst, und ich kam auf den Gedanken, es handle sich um jemanden, von dem Sie dem guten Sancho und mir in einer unseligen Nacht in einer Schenke bei der Basilika Santa María del Mar erzählt haben. Müßig zu sagen, dass er einen kleinen Engel am Revers trug.«

»Ich dachte, Sie hätten diese Geschichte vergessen, Sempere.«

»Ich vergesse nicht, was ich drucke.«

»Sie sind doch wohl nicht auf die Idee gekommen, ein Exemplar zu behalten, hoffe ich.«

Sempere lächelte lau. Cervantes seufzte.

»Was hat Ihnen Corelli denn dafür geboten?«

»Genug, um mich zurückzuziehen und mein Geschäft Sebastián Comellas' Söhnen zu überlassen und so ein gutes Werk zu tun.«

»Und haben Sie es ihm verkauft?«

Als einzige Antwort wandte Sempere sich um, ging in eine Ecke der Werkstatt, wo er niederkniete, einige Bretter im Boden löste, einen in Lappen gehüllten Gegenstand hervorzog und vor Cervantes auf den Tisch legte. Der Romancier schaute sich das Bündel einige Sekunden an, und auf ein Nicken von Sempere hin löste er die Lappen und enthüllte das einzige verbliebene Exemplar von *Ein Dichter in der Hölle*.

»Darf ich das mitnehmen?«

»Es gehört Ihnen. Weil Sie der Autor sind und als Quittung für die Bezahlung der Ausgabe.«

Cervantes schlug das Buch auf und überflog die ersten Zeilen.

»Ein Dichter ist das einzige Wesen, das mit den Jahren das Sehvermögen zurückgewinnt«, sagte er.

»Werden Sie sich mit ihm treffen?«

»Habe ich eine andere Wahl?«

Zwei Tage später machte er sich wie stets am Morgen auf einen langen Spaziergang durch die Stadt, obwohl ihn Sancho darauf hingewiesen hatte, dass laut den Fischern über dem Meer ein Gewitter im Anzug war. Am Mittag begann es heftig zu regnen aus schwarzen Wolken, die im Zucken der Blitze und im Krachen der Donnerschläge pulsierten, welche auf die Mauern einhämmerten und die Stadt niederreißen zu wollen schienen. Cervantes suchte in der Kathedrale Zuflucht. Sie war menschenleer, und er setzte sich auf eine Bank in einer Seitenkapelle, wo im Halbdunkel Hunderte brennender Kerzen Wärme spendeten. Es überraschte ihn nicht, als er Andreas Corelli neben sich sitzen sah, den Blick auf das Kruzifix über dem Altar gerichtet.

»Für Euer Hochwohlgeboren vergehen die Jahre nicht«, sagte Cervantes.

»Für Ihren Witz auch nicht, mein lieber Freund.«

»Aber vielleicht für mein Gedächtnis – ich muss vergessen haben, wann Sie und ich Freunde waren.«

Corelli zuckte die Schultern.

»Da haben Sie ihn, gekreuzigt, um für die Sünden der Menschen zu büßen, ohne Groll, und Sie sind nicht fähig, diesem armen Teufel zu verzeihen ...« Cervantes warf ihm einen ernsten Blick zu. »Sagen Sie jetzt nicht, dass die Blasphemie Sie beleidigt.«

»Die Blasphemie beleidigt nur den, der sie zur Verhöhnung der anderen von sich gibt.«

»Ich habe nicht die Absicht, Sie zu verhöhnen, mein lieber Cervantes.«

»Was haben Sie also vor, *Signor* Corelli?«

»Sie um Verzeihung zu bitten?«

Ein langes Schweigen trat ein.

»Um Verzeihung bittet man ohne Worte.«

»Ich weiß. Es sind auch keine Worte, was ich anbiete.«

»Es wird Sie nicht stören, dass meine Begeisterung nachlässt, wenn ich das Wort ›anbieten‹ höre.«

»Warum sollte mich das stören?«

»Vielleicht ist Euer Hochwohlgeboren wahnsinnig geworden nach dem Lesen von so vielen Messbüchern und hat zu glauben begonnen, dass Euer Gnaden durch dieses Jammertal reitet, um das Unrecht auszumerzen, das unser Retter da uns allen hinterlassen hat, als er das sinkende Schiff verließ.«

Corelli bekreuzigte sich und lächelte, wobei er seine spitzen Eckzähne entblößte.

»Amen«, sagte er.

Cervantes stand auf und schickte sich an, sich mit einer Verneigung zurückzuziehen.

»Die Gesellschaft ist angenehm, werter Arcangelo, doch unter den gegenwärtigen Umständen habe ich doch lieber die von Blitz und Donner, um das Gewitter in Ruhe zu genießen.«

Corelli seufzte.

»Hören Sie sich zuvor mein Angebot an.«

Langsam ging Cervantes auf den Ausgang zu. Vor ihm schloss sich sanft das Tor der Kathedrale.

»Diesen Trick hab ich schon mal gesehen.«

Corelli erwartete ihn im Halbdunkel vor dem Ausgang, in Schatten getaucht. Nur seine im Kerzenschein glühenden Augen waren sichtbar.

»Sie haben einmal verloren, was Sie am meisten liebten oder zu lieben glaubten, für die Möglichkeit, ein Meisterwerk zu verfassen.«

»Ich hatte nie die Wahl. Sie haben mich belogen.«

»Die Wahl lag immer bei Ihnen, mein Freund. Und Sie wissen es.«

»Machen Sie die Tür auf.«

»Die Tür ist offen. Sie können hinaus, wann immer es Ihnen beliebt.«

Cervantes streckte die Hand aus und stieß

die Tür auf. Wind und Regen spuckten ihm ins Gesicht. Er hielt einen Augenblick inne, ehe er hinaustrat, und im Dunkeln flüsterte ihm Corellis Stimme ins Ohr:

»Ich habe Sie vermisst, Cervantes. Mein Angebot ist einfach: Greifen Sie wieder zur Feder, die Sie haben ruhen lassen, und schlagen Sie erneut die Seiten auf, die Sie nie hätten weglegen dürfen. Lassen Sie Ihr unsterbliches Werk auferstehen, und bringen Sie die Abenteuer von Quijote und seinem getreuen Knappen zu Ende, zum Vergnügen und Trost dieses armen Lesers, den Sie von Witz und Erfindungsgabe verwaist zurückgelassen haben.«

»Die Geschichte ist beendet, der Hidalgo beerdigt und meine Stimme erschöpft.«

»Tun Sie es mir zuliebe, und ich werde Ihnen die Gesellschaft dessen zurückgeben, was Sie am meisten geliebt haben.«

Cervantes schaute vor dem Kathedraleneingang dem geisterhaften Gewitter bei seinem Ritt über die Stadt zu.

»Versprechen Sie das?«

»Ich schwöre es. In Gegenwart meines Vaters und Herrn.«

»Und worin besteht der Trick diesmal?«

»Diesmal gibt es keine Tricks. Diesmal werde ich Ihnen für die Schönheit Ihrer Schöpfung das geben, wonach Sie sich am meisten sehnen.«

Und so brach der alte Romancier unter dem Gewitter zu seiner Bestimmung auf.

Barcelona 1616

An diesem letzten Abend begleiteten der alte Sempere und Andreas Corelli unter den Sternen Barcelonas das Trauergefolge durch die engen Gassen der Stadt zum Privatfriedhof der Familie Sempere, wo viele Jahre zuvor drei Freunde mit einem unaussprechlichen Geheimnis die sterblichen Überreste Francesca di Parmas bestattet hatten. Still bewegte sich die Kutsche im Licht der Fackeln voran, und die Leute traten zur Seite. Sie fuhren durch das Gewirr von Passagen und Plätzen, die zu dem kleinen, mit einem lanzenbewehrten Gittertor verschlossenen Friedhof führten. Davor blieb die Kutsche stehen. Die beiden eskortierenden Reiter stiegen vom Pferd und luden mit Hilfe des Kutschers den Sarg ab, der keine Inschrift oder sonst ein Merkmal trug. Sempere schloss das Friedhofstor auf und ließ sie hinein. Sie geleiteten den Sarg zum offenen Grab, das unter dem Mond wartete, und setzten ihn ab. Auf ein Zeichen Corellis hin zogen sich die Vasallen zum Friedhofstor zurück und überließen Sempere der Gesellschaft des Verlegers. Da hörte man vor dem Gitter Schritte, und als Sempere sich umdrehte, erblickte er den alten Sancho, der gekommen war, um sich von seinem Freund zu verabschieden. Corelli nickte, und die Wachen ließen ihn durch. Als die drei vor dem Sarg standen, kniete Sancho nieder und küsste den Deckel.

»Ich möchte ein paar Worte sagen«, flüsterte er.

»Bitte«, antwortete Corelli.

»Gott möge einen großen Mann und noch besseren Freund in seiner unendlichen Seligkeit haben. Und wenn, angesichts der hier Vereinigten, Gott in Hierarchien fragwürdigen Ranges Aufgaben delegiert, dann mögen es die Ehre und die Wertschätzung seiner Freunde sein, die ihn auf dieser seiner letzten Reise ins Paradies begleiten, und seine unsterbliche Seele möge sich nicht verirren auf Schwefel- und Flammenpfaden durch Trick und Kniff eines ausrangierten Engels, denn bei Gott, wenn dem so wäre, würde ich mich selbst mit Rüstung und Lanze versorgen und ihn erlösen kommen, wie viele Fallen mir die Bosheit des Höllenfürsten auch in den Weg legte.«

Corelli schaute ihn kalt an. Obwohl halbtot vor Angst, hielt Sancho seinem Blick stand.

»Ist das alles?«, fragte Corelli.

Sancho nickte und hielt sich die Hände,

um ihr Zittern zu verbergen. Sempere schaute forschend zu Corelli empor. Der Verleger trat an den Sarg und öffnete ihn zu aller Überraschung und Beunruhigung.

Drinnen lag Cervantes' Leiche in ein Franziskanergewand gehüllt, das Gesicht entblößt. Die Augen waren geöffnet, und eine Hand lag auf der Brust. Corelli hob sie und legte das Buch darunter, das er mitgebracht hatte.

»Mein Freund, ich gebe Ihnen diese Seiten zurück, den sublimen, abschließenden dritten Teil der allergrößten der Fabeln, die Sie für diesen bescheidenen Leser zu schreiben die Güte hatten, der wohl weiß, dass die Menschen solche Schönheit nie verdienen werden. Darum bestatten wir ihn mit Ihnen, damit Sie ihn mitnehmen zur Begegnung mit dem, was diese ganzen Jahre auf Sie gewartet hat und zu dem Sie, wissentlich oder unwissentlich, immer haben zurückkehren wollen. So erfüllen sich Ihre größte Sehnsucht, Ihre Bestimmung und Ihre endliche Belohnung.«

Nach diesen Worten verschloss Corelli den Sarg.

»Hier liegen Francesca di Parma, eine lautere Seele, und Miguel de Cervantes, Licht unter den Dichtern, Bettler unter den Menschen und Fürst des Parnass. Sie werden Frieden finden zwischen Büchern und Worten, ohne dass ihre ewige Ruhe je gestört noch von den übrigen Sterblichen gekannt werden wird. Dieser Ort soll ein Geheimnis sein, ein Rätsel, dessen Anfang und Ende niemand kennt. Und immer möge in ihm der Geist des besten Geschichtenerzählers leben, der je die Erde betreten hat.«

Jahre später sollte der alte Sempere auf seinem Totenbett erklären, wie er in diesem Augenblick Andreas Corelli eine Träne vergießen zu sehen glaubte, die beim Auftreffen auf Cervantes' Sarg zu Stein erstarrte. Da wurde ihm klar, dass er auf diesem Kiesel ein Heiligtum erbauen würde, einen Friedhof der Gedanken und Erfindungen, der Worte und Wunder, der auf der Asche des Fürsten des Parnass wachsen würde, und dass er eines Tages die größte aller Bibliotheken beherbergen würde, in der jedes verfolgte oder von der Ignoranz und Bosheit der Menschen verschmähte Werk eine Heimstatt fände und auf die Wiederbegegnung mit dem Leser wartete, den jedes Buch in sich trägt.

»Lieber Cervantes«, sagte er zum Abschied. »Willkommen auf dem Friedhof der Vergessenen Bücher.«

Nachbemerkung

Diese Erzählung ist ein schlichtes Divertissement, das mit einigen der am wenigsten bekannten und dokumentierten Elementen aus dem Leben des großen Schriftstellers spielt, insbesondere seiner Reise nach Italien in seiner Jugend und seines Aufenthalts (oder seiner Aufenthalte) in der Stadt Barcelona, der einzigen, die er in seinem Werk wiederholt erwähnt.

Im Unterschied zu seinem bewunderten Zeitgenossen Lope de Vega, der seit seinen ersten Jahren große Erfolge verzeichnete, kam Cervantes' Feder erst spät zur Entfaltung und fand wenig Entschädigung und Anerkennung.

Die letzten Jahre von Miguel de Cervantes Saavedras Leben waren die fruchtbarsten seiner bewegten literarischen Karriere. Nach der

Veröffentlichung des ersten Teils von *Don Quijote von der Mancha*, 1605, vielleicht des berühmtesten Werks der Literaturgeschichte und Vorläufer des modernen Romans, gestattete ihm eine Periode relativer Ruhe und Anerkennung, 1613 die *Exemplarischen Novellen* und ein Jahr später *Die Reise zum Parnass* zu veröffentlichen.

1615 erscheint der zweite Teil des *Don Quijote*. Im Jahr darauf stirbt Miguel de Cervantes in Madrid und wird, so wenigstens glaubte man jahrelang, im Kloster der Barfüßertrinitarierinnen beerdigt.

Es gibt keine Gewissheit, dass Cervantes jemals einen dritten Teil seiner genialsten Schöpfung geschrieben hat.

Bis zum heutigen Tag weiß man nicht genau, wo seine sterblichen Überreste wirklich ruhen.

Carlos Ruiz Zafón

Carlos Ruiz Zafón
Der Gefangene des Himmels
Roman
Aus dem Spanischen von Peter Schwaar
Band 19585

Mit erzählerischem Furor entführt uns Carlos Ruiz Zafón in eine magische Geschichte von Verfolgung, Liebe und Freundschaft. Als Fermín, ein charmanter Herumtreiber, in Barcelona überraschend Besuch von einem mysteriösen Fremden bekommt, holen ihn finstere Intrigen aus der Zeit des Spanischen Bürgerkriegs ein und drohen nicht nur sein Leben und Liebesglück zu zerstören …

Der packendste und temporeichste Roman des großen Carlos Ruiz Zafón, der mit den beiden Weltbestsellern ›Der Schatten des Windes‹ und ›Das Spiel des Engels‹ Millionen Leser auf der ganzen Welt in den Bann schlug.

»Ein erzählerischer Sog,
dem man sich kaum entziehen kann.«
Heinrich Thies, Hannoversche Allgemeine Zeitung

»Wie im Flug vergehen die paar hundert Seiten
in dieser Welt.«
Stefanie Platthaus, Ruhr Nachrichten

Nr. 2 der SPIEGEL-Bestsellerliste

Das gesamte Programm finden Sie unter
www.fischerverlage.de

Carlos Ruiz Zafón
Das Spiel des Engels
Roman
Aus dem Spanischen von Peter Schwaar
Band 18644

Der junge David Martín fristet sein Leben in Barcelona, indem er unter falschem Namen Schauerromane schreibt. Plötzlich erhält er einen mit dem Zeichen eines Engels versiegelten Brief, in dem ihn der mysteriöse Verleger Andreas Corelli einlädt. Angelockt von dem Talent des jungen Autors hat er einen Auftrag für ihn, dem David nicht widerstehen kann. Aber David ahnt nicht, in welchen Strudel furchterregender Ereignisse er gerät …

»Wie schon in der ›Schatten des Windes‹ führt Ruiz Zafón den Leser in dieser Mischung aus Romanze und Tragödie zum Friedhof der Vergessenen Bücher, in ein Labyrinth aus Liebe und Leidenschaft, aus Verrat und Intrigen. Und wieder ist die Sprache so (…) schön, dass man sich ihrem Zauber kaum entziehen kann.«
Jenni Roth, Literarische Welt

»Wer Illusionen erzeugen will, der muss sein Handwerk beherrschen, und Carlos Ruiz Zafón ist ein Profi.«
Sieglinde Geisel, NZZ am Sonntag

Nr. 1 der SPIEGEL-Bestsellerliste

Fischer Taschenbuch Verlag

Carlos Ruiz Zafón
Der Schatten des Windes
Roman
Aus dem Spanischen von Peter Schwaar

Band 19615

An einem dunstigen Sommermorgen des Jahres 1945 wird der junge Daniel Sempere von seinem Vater an einen geheimnisvollen Ort in Barcelona geführt – den Friedhof der Vergessenen Bücher. Dort entdeckt Daniel den Roman eines verschollenen Autors für sich, er heißt ›Der Schatten des Windes‹, und er wird sein Leben verändern …

Carlos Ruiz Zafón eroberte mit seinem Buch die Herzen leidenschaftlicher Leser rund um den Globus. ›Der Schatten des Windes‹ bildet den Auftakt eines einzigartigen, fesselnden und berührenden Werks, er ist der erste von vier Barcelona-Romanen um den Friedhof der Vergessenen Bücher und die Buchhändler Sempere & Söhne.

»Ein herrlicher Irrgarten … rundum das,
was man einen wunderbaren Schmöker nennt.«
Elke Heidenreich

»Anderthalb Tage – Sie werden alles liegenlassen und
die Nacht durch lesen. Sie können es nicht weglegen,
bevor Sie nicht am Ende sind.«
Joschka Fischer

Nr. 1 der SPIEGEL-Bestsellerliste

Fischer Taschenbuch Verlag

Carlos Ruiz Zafón
Marina
Roman
Aus dem Spanischen von Peter Schwaar
Band 18624

Als Óscar Drai das Mädchen Marina trifft, ahnt er nicht, dass sie sein Leben für immer verändern wird. Mit ihrem Vater lebt sie in einer alten Villa wie in einer vergangenen Zeit. Marina bringt Óscar auf die Spur einer mysteriösen Dame in Schwarz, und bald befinden sich die beiden mitten in einem Albtraum aus Trauer, Wut und Größenwahn, der alles Glück zu zerstören droht. Erstmals beschwört Carlos Ruiz Zafón in ›Marina‹ sein unnachahmliches Barcelona herauf, eine Stadt voller Magie und Leidenschaft.

»Einfach grandios!«
BZ am Sonntag

»Ein Roman wie ein Labyrinth. Hinter jeder Seite erwartet einen ein neuer Fortgang der Geschichte. Sie werden ›Marina‹ in atemberaubender Geschwindigkeit lesen.«
Alex Dengler, denglers-buchkritik.de

»Carlos Ruiz Zafón erzählt mit viel Poesie die dramatische Geschichte eines jungen Mannes, der um sein Glück und seine große Liebe kämpft.«
Emotion

Nr. 1 der SPIEGEL-Bestsellerliste

Fischer Taschenbuch Verlag

Carlos Ruiz Zafón
Der dunkle Wächter
Aus dem Spanischen von Lisa Grüneisen
Band 19302

Nach düsteren Tagen wünscht sich Irene das Glück des Sommers. Als sie mit Ismael an der Blauen Bucht liegt, scheint alles perfekt. Doch der Spielzeugfabrikant, der Irenes Mutter auf seinen Landsitz Cravenmoore geholt hat, hegt ein finsteres Geheimnis. Alle Zimmer seines gewaltigen Hauses stehen voll selbstgebauter Automaten und raffiniertem Spielzeug, und einige Räume dürfen nie betreten werden. Im großen Wald rings um die Villa geht der Besitzer oft spazieren. Aber auch ein sonderbares Geschöpf treibt sich dort herum, das einem Albtraum zu entstammen scheint … Bald jagen dunkle Schatten durchs Haus, und im Nebel drohen vom Leuchtturm die gefürchteten Septemberlichter. Cravenmoore entpuppt sich als Ort des Schreckens. Irene und Ismael kämpfen im größten Abenteuer ihres Lebens um ihre Liebe. Und sie erfahren: Was man dem Bösen versprochen hat, das wird es sich holen.

»Das geheimnisvolle Märchen ist die perfekte Lektüre
für (…) Menschen jeden Alters, die wohlige Schauer lieben.«
Frauke Kaberka, Financial Times Deutschland

»Hochspannend und gruselig –
ein echter Schauerroman also.«
Patric Seibel, NDR

Fischer Taschenbuch Verlag